# 모란꽃 무늬 이불 속

# 모란꽃 무늬 이불 속

전인식 시집

만끽하자
이 즐거운 고통

울며 웃을 수 있는 나는 얼마나 행복한가

몸속 숨어 사는 것들
홀연, 일어나 춤을 추는 그날까지

이제 시작이다.

2020년
전인식

# 차 례

제3부

제1부

# 데미스 루소스

데미스 루소스를 들으면
오래전에 바다 밑에 빠져 죽은 한 여자가
알몸으로 걸어 나온다
그녀의 왼쪽 젖가슴에서는 낙엽 타는 냄새가
오른쪽 젖가슴에서는 편지 태우는 냄새가 난다
그녀의 하얀 허벅지 안쪽에서는
물기 젖은 바이올린 소리가 들린다

굿바이 마이 러브 굿 바이

데미스 루소스는 가을이다
이제 막 꽃 피고 잎 돋는 봄도
고목나무 그늘 아래 매미 소리 듣는  여름도
등 가렵고 몸 간지러운 쓸쓸한 가을이다

굿바이 마이 러브 굿 바이

데미스 루소스는 사랑이다

입맞춤의 흔적들을 숨기기 위해
입술 주위에서는 수염들이 시커멓게 자라났고
어느 순간 커다란 소나무 숲이 되었다


굿바이 마이 러브 굿 바이


노래는 몸 안에서
빙글빙글 돌다가 가을을 만들고
가을은 여자를 만들고 여자는 그리움을 만든다


굿바이 마이 러브 굿 바이


* 데미스 루소스 : 이집트 출신의 그리스 가수.

# 공작


나는
아름다워서 슬픈 수컷이다


세상에서 가장 크고 화려한 나의 꼬리 깃털은
오로지
그대 유혹하기 위한 것


그대 튼튼한 몸을 빌려서 그대 따뜻한 자궁을 빌려서
낳고 싶은 수천 수억의 알들
사바나 초원 가득하기를 꿈꾼다


득실거리는 하이에나와 들개들이 실컷 배불리 먹고도 남을
껍질 깨고 태어나는 저 어린 것들
들판 가득 꽥 꽥꽥 꽥꽥꽥 꽥꽥꽥꽥
모두 나를 아버지라 부를 것이다


오늘이 될지 내일이 될지

달려드는 표범에게 덥석 목덜미 물리기 전에
빨리빨리 그대를 품어야 하는
어서어서 새끼를 만들어야 하는

나는 아름다운 공작이다
나는 자랑스런 수컷이다

오, 이 이기적인 유전자!

# 통상적인 이

내 몸엔 이가 산다

가슴속 숨어 사는 그는 하루에도 몇 번씩
두개골 속 기어 올라 생각 흩트려 놓기도 하고
사타구니 사이 파고들며
신경질적으로 짜증 내는 나를 은근히 즐기기도 하는
정체불명의 그가 나를 다스린다

간혹 내가, 내 뜻과 상관없이
엉뚱한 행동이나 예측불허의 말로
남을 당황케 하기도 한다
내 입과 몸을 빌려 그가 대신했음을 알지만
내 몸이 지배받고 있다는 이 사실을
어느 누구에게도 말할 수가 없다
슬픈 주권 상실을 감히 말할 수가 없다

나를 지배하는 그는
약간의 독을 가지고 나를 다스린다

약간의 고통도 참지 못하는 나는
쉽게 그의 지시를 받들며 산다
한 번도 본 적 없는 그를
통상적으로 나는 이라고 말한다

내 몸엔 이가 산다
흔들바위만 한 이가 산다

# 첫사랑

첫사랑은 무좀균
오랜 세월에도 박멸이 불가능한
지독한 박테리아

결혼해서 아이 둘 낳고 사는 지금도
아내 몰래 꼼지락꼼지락
발가락 사이 숨어 사는
한번 찾아들면
떠날 줄 모르는 그
이 세상 나와 함께 할 것이다

눈 감고 드러눕는
관棺 속까지 쫓아오며
최후까지 함께 할 것이다
첫 키스의 추억뿐인 그.

# 슬픈 직선

아프리카 지도를 펼치면 피 냄새가 난다

어느 날 하루아침에
윗마을과 아랫마을이 남의 나라가 되었다
너의 집과 나의 집이 남의 나라가 되었다

어느 날 하룻밤 새
가족들이 다른 나라 사람이 되었다
형은 영어를, 동생은 프랑스어를 배워야 했다

어느 날 갑자기
천둥 번개처럼 면도칼이 지나갔다
마을 앞 흐르던 강물이 잘려 나갔고
염소 몰던 초원이 잘려 나갔다
바오바브나무와 코끼리도 잘려 나갔다

우리는?

# 빗살무늬토기에 대한 보고서


강가 모래밭에서 뾰족한 네 몸이 곧추서던 날
자본주의가 태어났지


몸 바깥으로 햇살 가득한 무늬들과 빗줄기들을 그려 넣
으며
형제자매와 부족들 굶지 않고 살 수 있는 풍요로운 세상
을 꿈꾸었지


몸 안으로 곡식의 낱알들을 담는 순간
욕망도 함께 담기 시작했지


먹고 남은 음식과 내일 먹을 낱알이 보관될 때
잉여의 행복은 불행과 비극도 함께 저장되었지


빗살무늬토기들이 하나둘 늘어나면서
돌도끼의 날은 더 날카로워졌고 숫자도 늘어났지


너의 것과 나의 것이 태어났고

다툼이 생겨나고 전쟁이 태어났지

나의 배를 채워줄 거룩한 자본주의와
배가 고픈 네 슬픈 자본주의가
쌍둥이처럼 태어났지

네 몸에 곡식의 낟알들을 담던
강물 소리에 달빛 쌓이던
바로 그날.

# 나이트클럽 제우스

이 도시 어딘가에
달나라로 가는 우주정거장이 있다
은밀한 그곳은 나의 만다라
나이트클럽 제우스
그곳은 어둠을 통해서만 드나들 수 있다

저절로 몸이 붕붕 뜨는 그곳
언제나 만원으로 붐비는 그곳
붐빈다는 것은
우리들 삶이 많이 무겁다는 증거

무거운 내가 무거운 나를
잠시 내려놓을 수 있는 그곳
몸의 일부인 팔과 다리
어깨, 허리들이 자유를 외치며
제멋대로 해체를 시작하는 그곳

나이트클럽 제우스는 내가 숨겨놓은 만다라

단단한 관념과 관습의 흰 뼈들도 뛰쳐나와
해방의 기쁨을 만끽하는 그곳

영혼은 불쌍한 몸 풀어주고
몸은 가엾은 영혼 놓아주며
가벼움을 꿈꾸는 우리들의 해탈이 가능한 그곳
나이트클럽 제우스는 나의 만다라!

# 봉숙이

조르바 선생님 춤 좀 가르쳐 주실래요
울고 있는 것보다 춤추는 게 더 낫잖아요
슬픔을 기쁨으로 뒤집을 수 있는
당신이 자주 써먹는 주특기 엎어치기 기술 좀 가르쳐주
세요
술 한 잔 사드릴게요

같이 살던 남자가 돌아오지 않을 때
기다리지 않고 슬프지 않고 웃을 수 있도록
노래하고 춤추는 방법 좀 알려 주세요
지르박도 좋고 차차차도 좋아요

하나뿐인 아들이 죽었을 때
머리 쥐어뜯고 싶을 때
어디서 고양이 울음소리 환청이 들려올 때
부디 춤추고 노래하는 법 좀 가르쳐 주세요
디스코도 좋고 블루스도 좋아요

나 당신이 좋아하는 혼자 사는 여자예요
꼭 좀 안아 주세요 젖은 수건 짜듯이 쫘~악
내 몸에 물기들 좀 짜 주세요
당신의 커다란 입 구멍으로 내 몸속 수분들을
확 빨아 당겨줄 순 없나요

가끔은 드라이 플라워만큼 건조해지고 싶어요
사막에 피는 꽃처럼 작아지고 작아져서
더 단단해지고 싶어요 피도 눈물도 없이

조르바 선생님 춤 좀 가르쳐 주세요
더 이상 슬픔들이 얼씬거리지 못하도록

# 세한도 속으로

따뜻한 아랫목에 누워
누군가 만들어 놓은 책 속의 길 따라 좇는
나에게도 봄은 올까, 노래할 수 있을까

환호 지르며
세상 한가운데 알몸으로 뛰쳐나갈
유레카의 순간을 위해 오늘 나는
사철 내내 눈발 펄펄 날리는 세한도 속으로
저벅저벅 큰 걸음으로 걸어 들어야겠다

솔가지 부러뜨리는 바람 가슴 안으로 받으며
사각의 흰 세상 밖 어디론가
간절히 손 뻗는 곳으로 흐르는 더운 피 한 점
갈라 터지는 몸속에 숨길 수 있다면
봄 햇살 그리워 흘러내리는 눈물들 주렁주렁
허연 소금 덩어리 고드름으로 얼어붙는
눈 못 뜨는 형벌로 서 있어도 괜찮아라

세상 가득한 눈밭 다 녹을 때까지
겨울을 인내하다 껑껑 얼어붙은 내 몸
핏빛 붉은 진달래 꽃잎으로 눈을 뜰 때
비로소 살아 한번 가질 기쁨으로
눈부실 것을

나는 오늘
사철 내내 눈발 펄펄 날리는 세한도 속으로
저벅저벅 큰 걸음으로 걸어 들어야겠다

# 시

제가 찾는 사람은 있잖아요
얼굴이 두 개
다리는 네 개
꼬리가 아홉 개
심장은 서너 개
몸에서는 아주 고약한 냄새가 나기도 합니다

주로 그늘이나 습한 곳을 좋아해서
바퀴벌레처럼 숨어 있기를 좋아합니다
마음 약한 가슴에 빌붙기를 좋아하며
특히 혼자 있는 사람을 찾아
메뚜기처럼 등에 올라타기를 좋아합니다
솔직히 외로운 사람을 만나면 잠자리처럼
엉덩이를 맞대고 있기를 더 좋아합니다

주로 낮보다는 밤에 움직이는 것을 좋아해서
달빛 밝거나 별빛 맑은 날이면
우우우 늑대 울음소리를 흉내 내기도 합니다

나방처럼 남의 집 안방이나 침실 엿보기를 좋아합니다

때로는 동에 번쩍 서에 번쩍할 때도 있고
물에 빠져 죽었는지 오래도록 소식 없을 때도 있습니다
여자 아니랄까 봐 하루에도 몇 번씩 옷 갈아입기를 좋아
하며
변덕이 장난이 아닙니다
온갖 미사여구를 동원해서 더러 사기를 치기도 해서
간혹 사람들 마음 상하게 하기도 합니다

# 아말리아의 노래

1

즐겁게 춤을 추다가 그대로 멈춰라
즐겁게 춤을 추다가 그대로 멈춰라

바로 그때, 누군가가 누구를 위하여 노래를 불렀다
바로 그때, 누군가가 누구를 위하여 춤을 추었다

눈을 감지도 말고 웃지도 말고
울지도 말고 움직이지도 말 것

누군가를 속인 죄
누군가를 사랑한 죄
모두가
노래가 되고 춤이 되었다

누군가의 명을 따르는
정지된 동작들

다음 몸짓을 기다리다
천년이 흘렀다

누군가를 속인 죄
누군가를 사랑한 죄

2

아, 아말리아, 돈 벌러 간 삼촌이 객사하여 돌아온 밤,
잠 못 드는 할머니 곁에 누워 듣는
소리 없는 강물의 뒤척임 소리
수심 깊이 가라앉는 물방울의 속도
어머니의 갑작스런 죽음, 그리고
눈물 한 방울 흘리지 않았던 나

아, 아말리아, 당신을 처음 만났던 그때,
나는 담배를 배워 물었었죠.

강둑에 앉아 별을 보며
소주병 나팔을 불었었죠.
보리밭에서 네발로 기며
먹은 것을 토해냈죠.
그리곤 간혹의 몽정

누군가의 사랑은 노래가 되었다
누군가의 노래는 춤이 되었다

즐겁게 춤을 추다가 그대로 멈춰라

# 영산홍

— 봄날, 박정만*

비탈길에 어린것들 학교 내보내고
문 닫아걸면 외롭고 외로운 섬
이따금 관악산 뻐꾸기 하늘 비좁다 날아오르고
쓸쓸한 줄 알고 찾아드는 노랑나비가
창문 두드리고 가는 봉천동
병도 홑적삼처럼 가벼운 산 번지

마당 귀퉁이 영산홍 홀로 피 뚝뚝 흘리며 지는 봄날
어디선가 가슴 짚어 뜯는 열두 줄 가야금 소리
물결 일어 벌건 대낮부터 술을 마신다
흐릿한 아지랑이 건너 저편 아닌 밤
꽃 초롱불 켜는 이는 또 누구인가

작은 연가를 부르던 한때는
겨울 속 봄 이야기도 하였지만
이제는 봄 속 겨울 이야기가 전부
세상은 죄 없이도 몸 묶고
사랑도 불꽃 뒤엔 시커먼 재로 남는가

시를 적는다 아린 몸속 누군가 마구 불러주는 시를!

세상은 원고지 한 장—
늑골 빠져나온 시는 날개 달고
훨훨 낡은 벽지 사방연속무늬로 춤춘다
몸속 오장육부 삭아 내리는 소리
절로 눈 감기는 풍장의 봄바람
자꾸만 해지는 쪽으로 돌아눕는 그대


때로는 소름 돋고
때로는 서러운 노랫소리
어느덧 서쪽 메아리도 살지 않는 산기슭 아래
그대 흉내로 우두커니 서서
청해보는 술잔엔 미리 낮달이 내려앉네


벙어리야 벙어리야 이 벙어리야
붉은 영산홍에게 말을 걸어보지만
은유의 노래는커녕 먼 산에 내걸리는 수정 무지개

마시다 만 소주 반병 여기 두고 가네

* 몇몇 시어들은 『박정만 전집』(외길사, 1990)에서 가져옴.

제2부

# 어머니 무덤을 파다


어머니의 무덤을 파는 나의 삽질은 가볍다

염려스러운 듯 서 있는 동생들의 눈빛
아, 안타까운 우리 가족들의 보물상자

얼어붙은 땅속 깊이 내려갈수록
아늑해져 오는 아랫목 훈기
된장국이라도 끓여 놓았을까
잡채도 만들어 놓았을까

어머니의 무덤을 파는 나의 삽질은 가볍다

룰루랄라
룰루랄라
나의 삽질은 즐겁다
나의 괭이질은 즐겁다

만나면

왜 그리 급히도 가셨냐고
묻고 싶던 말들은 하지 말아야지
젖꼭지부터 찾아야지

어머니의 무덤을 파는 나의 삽질은 가볍다

입 대었던 모유의 기억
어머니는 똑똑히 기억하고 계실 거야
부드럽게 이마 쓰다듬으며
이쁘게 젖꼭지를 물려주실 거야

그대로 잠이 들고 말 거야
눈보라 치는 섣달그믐날
여기는 모란꽃 무늬 이불 속

# MRI 속에서의 명상


우주선 타고 여행 가는 길이라 생각해 본다
아무나 갈 수 없는 선택된 사람만이 누릴 수 있는 길이라
생각하면
나는 참 복이 많고 행복한 사람이다
여행을 다녀온다면 자랑삼을 이야기들 넘쳐날 것이다
영화에서처럼 내가 돌아왔을 때 아들이 먼저 죽었거나
나보다 더 늙어버렸으면 어떡하지
손주들은 나를 알아보지 못할 것이 뻔한데
누구에게 우주여행 다녀왔음을 자랑하지
왠지 재미가 없을 것 같다


그러면 이곳을 관 속이라 하자
죽었다가 다시 깨어나는 조건으로 나는 잠시 죽는다
아내는 저놈의 인간 잘도 죽었다 할까 아니면
백년해로하지 못한 아쉬움에 찔끔 눈물이라도 흘려줄까
보험증서를 먼저 들다 보지는 않을까
무뚝뚝한 아들들은 우는 것도 잊어버리고 허둥거리다
누구에게 부음을 알려야 할지조차 잊어버릴 것 같다

다행히 몇몇 친구들에게 연락이 갔다 치면
찾아온 친구들은 나를 추억하며 소주잔 주고받을까
내게 받을 돈이 있는 친구는 문상을 오고
내게 줄 돈이 있는 친구들은 모른 척하고 말까
대부분은 슬픈 척도 하고 바쁜 척도 하겠지

그러고 보니 갑자기 할 일이 참 많아지네
버킷리스트도 아직 못 만들었는데
농협 대출금도 갚아야 하는데
누군가에게 고맙다는 말과 누군가에게는 미안하다는 말도
해야 하는데 어떡하지
MRI 관 속에서 나는 갑자기 할 일이 많아진다

# 야묘도추

찰카닥!
누가 셔터를 눌렀다 실수로

사진 속에는 우리 집 마당이 그대로 정지 상태로 멈춰 있다
배꽃나무 할 일 없이 마당을 기웃거릴 때였다

나 잡아봐라 나 잡아봐라
개나리꽃 한입 가득 문 듯 검은 고양이
병아리 새끼 물고 달아나는 그때

도망치는 도둑 쫓는 어미 닭 욕설이 들리고
겁먹은 동생들은 횃대 반대 방향으로 달아나는
갑작스런 한바탕 소란에

방문 열어젖히며 뛰쳐나오던 아버지
툇마루 아래로 곤두박질치기 직전
허공에 몸이 붕 떠 있는 상태에서
찰가닥!

캡처capture하듯 누군가 미리 그려 놓았네
짧은 봄날 한나절을


* 야묘도추 : 긍재 김득신의 그림.

# 호텔 봉정암

봉정암에서 딱 하룻밤이면 알 수 있네
얼마나 잘 먹고 싸고 있는지를 그것이 행이고 복인 것을
살아온 낮은 땅에서는 몰랐던 사실들


단무지 몇 조각을 얹은 미역국 한 대접이 왜 이리 맛이
있는지
대청 소청 아래 서너 됫박 땀 공양 아니면 이르지 못하는
곳에
절이 있는 이유를 그제야 알 수 있지
오색에서 오르든, 백담에서 오르든


몸부림칠 수도 없이 매직펜으로 그려 놓은 한 칸 한 칸의
공간
발 고린내와 땀 냄새가 네 것 내 것 구분할 수 없어 좋은
건너 칸 사람의 발이 옆구리를 찌르고 옆 칸 사람 손이
넘어오는
코 고는 천둥소리에 요사채 지붕이 무너질 것 같아도
행여 꿈속에 부처님 찾아들지는 않을까

그것 하나로 쉬이 잠들 수 있는 이곳에서 하룻밤이면

내 꿈이 얼마나 호사스럽고 내 삶이 얼마나 허공 천지였
는지

굳이 수마노탑에 오르지 않아도 알 수 있네


이곳 대청과 소청 아래에서는 누구나

꿈꾸고자 하는 것들, 이루고자 하는 것들이 다 똑같을 수
밖에

그대처럼, 체 게바라처럼

# 사내와 시계탑

저물 무렵 역 광장
한 사내가 시계탑을 등에 메고 앉아 있다

어디에서나 삶은 고행이란 걸 미리 알아버린 듯
턱 괴고 앉은 등 뒤로 노을이
후광後光으로 퍼져 흐르고 있다

몇 개의 사막을 건너온 다 닳아빠진 운동화
바람이 기거하기 좋은 낡은 작업복
북서쪽에서 온 바람이 그를 알아보고 일으켜 세운다
덥수룩한 머리카락은 흔들리는 덤불숲
조금도 꼼짝 않는 몸
쓰러질 것 같은 가벼움이 세상 위에 떠 있다

말라빠진 몸속에는 무엇이 있을까?
한 올 한 올 생각이 일어나는 순간마다
한 눈금씩 돌아가는 시곗바늘
시계탑을 등에 멘 한 사내 턱을 괴고 앉아 있다

갈 길 바쁜 사람들 대신

역 광장 비둘기들만 우르르 모여들어

법문 듣듯 보리수나무 아래

머리를 조아리고 있다

# 개구리 경經

빈 논에 물이 차기를 얼마나 기다렸을까
살아있다살아있다살아있다고
목이 터져라 소리 질러대는 삶의 환희가
내게 한 번이라도 있기라도 했을까
노랫소리 시끄러운 들판은 지금
축제가 한창이다.

먼 길 가던 보름달도
일찌감치 내려앉아 한상 받아 앉았고
뛰놀기 바쁜 배고픈 조무래기 별들
모두 논물 속으로 뛰어내려
하늘인지 땅인지 분간이 어려운 여기는
뉴욕, 파리, 서울
살아 있는 것들 세상 한복판이다.

기껏, 배꽃 떨어지는 일에 예민해 하며
달빛 아래 서성거리는 사람들은 소외될 수밖에 없는
봄밤의 배경으로 선 인간의 마을에서

개구리 소리를 듣는다

개구리 경전經典 소리를 듣는다

# 도다리

사는 건 기다리는 일이지
물론 나도 차례를 기다릴 뿐이지
이렇게 줄을 서듯 매일매일

주어진 하루치 헤엄
피해봤자 한두 시간, 길어야 한나절
의지와 상관없는 지느러미들

그리운 것은 심해 그곳
무리 짓고 노닐던 한때
은빛 반짝거림의 추억들뿐

버스를 기다리다 눈 마주친
수족관 속 물고기들
사는 일 마찬가지라고 담뱃불 켤 때
누군가 등 뒤에서 내 이름을 부른다

광어 !

도다리 !
그리고 전인식 !

이름 불러지면 어김없이 밧줄을 내리는
저 위에서 내려다본다면
수족관 속 도다리 틀림없을
나

기다린다 지금 혹은 나중
타고 가야 할
사각형의 버스 한 대.

## 독락당

슬픔과 마찬가지로 기쁨도
홀로 지니고 즐길 수밖에 없는 견고한 돌 같은 것일까


무슨 힌트라도 얻을 생각에 해 짧은 동짓달 느지막이
마음 한 켠에 홀로 즐길 독락당獨樂堂을 찾아 나선다
넓어 쓸쓸한 안강뜰 지나 옥산리 들어설 때부터
이상하게도 바람은 나를 계곡 밖으로 밀어내기만 하고
단편의 지식 외며 살아온 몸이 고무풍선으로 날리기만
한다
되돌아가지 않으려 몇 번씩 마음에 돌덩이를 얹어가며
겨우 오래된 집 대문 앞에 섰을 때
나보다 먼저 와 있는 산 그림자가 눈앞의 풍경들을 지운다
묵은 나뭇가지에 모여 사는 바람들 낯선 나를 내려다보며
알아듣지 못할 소리로 웅얼거리기만 하고
기다려도 열리지 않는 문은 어두울수록 더 단단히 빗장
을 지르며
안으로 고요들을 거둬들이고 있는 적막 속에
소리 내며 움직이는 것은 불한당인 나뿐이다

얼음장 밑 흐르는 물소리 듣기 좋게 계곡 쪽으로 나 있는

홀로 세상 즐긴 자의 창엔 언제쯤 촛불이 켜질까

한 발짝도 들어설 수 없는 독락당에 와서

마음 구석에 짓고자 했던 독락당을 허문다

가지지 못할 정신의 허영들이 빠져나가는 밤하늘에

언제 왔을까 반짝이는 맑은 별빛 하나

그대 시퍼런 눈빛으로 빛난다


* 독락당獨樂堂 : 회재 이언적이 낙향하여 지은 정자(경주시 안강읍 소
  재).

# 블랙아웃

생각나지 않는다 어제저녁
내가 각색, 감독하고 주연이 된 영화
기억은 세상 밖으로 훨훨 날아가 버리고
텅 빈 껍데기 몸만 누워 있다
모든 추리와 상상의 촉수 더듬어도
되돌아오지 않는
새까맣게 타버린 재생 불능의 필름

감동과 내용 불문하고
필름이 끊긴 영화는 삼류라고
욕을 퍼부었던 날처럼
내가 나에게 돌을 던진다
물려 달라고

낡고 희미한 삼류영화 같은 오늘 하루
나는 또
감동 없는 지겨운 세상이라고
술을 마실지도 몰라

이빨 악물고 살아도 모자랄 삶

뚝 뚝 끊어 먹으면서.

# 삼호베어에서의 입가심

글 좀 쓰고
그림 좀 그리고
뭐 좀 아는 사람들
품 좀 잡는 사람들

그리고
하나같이 슬픔 좀 먹을 줄 아는 사람들
가슴에 불덩이 하나쯤 지니고 있는
입가심으로 들렀다가
밤을 새우고 마는 작은 맥줏집에
붐비던 사람들은 다 어디로 갔을까

늦은 밤 또는 이른 새벽
무사히 잘 도착했을까
황성공원 솔밭 위 구름 사이
달 하나 걸어간다
비틀 비틀

하늘나라에는

경주 사투리로 제법 시끄럽겠다

술동무 많아서

선배 많고 후배 많아서

# 시시포스

성내역에 가면 시시포스를 만난다
반복되는 노랫소리에 맞춰
차가운 땅바닥 느린 걸음으로 기어가며
머리맡 플라스틱 바구니를 무거운 바윗덩이로 밀고 가는
그에게 세상은 오르막이 전부일지 모른다

사람들 무릎 밑으로 기어 다니기 좋게
닳아버린 하반신 세상만큼 질긴 고무 튜브로 대신하고
사각형이 연속으로 이어진 인도 블록 위 헤엄쳐가는
그의 몸엔 지느러미가 없다

2호선 전철로 서울 한 바퀴를 돌아오면
아침에 만난 그를 다시 만난다
몇 평 남짓 좁은 땅바닥을 왕복하며
사람들 가랑이 사이로 떨어지는 금속성 소리에
번쩍, 눈뜰 날을 기다렸을까 아니면
다음 세상에서의 윤회를 꿈꾸었을까

수없이 행해졌을 무서운 반복 앞에

두 손 모을 겨를 없이 지나치며

주머니 속 남은 동전 몇 개 떨구면

그의 몸엔 언젠가 하얀 날개깃이 돋아날 거라며

맘 편히 귀가하는 등 뒤로

소리 높이며 따라오는 찬송가 소리


훤히 아는 골목에서 넘어지는 일이

가끔씩 있는 일일까

빤히 내려다보는 초저녁 별빛이

꼭 그대 눈빛 같다.

# 비누의 형이상학

다 때려치우기로 했어
날 현혹시켰던 형이상학,
구원과 해탈로 미끼를 던져대던 교리들
끝까지 붙들고 늘어지던 모든 관념적인 것들
두 눈 똑똑히 확인할 수 없는 이 모든 것들에게
이제사 가슴 후련한 작별을 고한다
잘 가거라
내 청춘을 갉아먹은 버러지 같은 것들아

대신, 비누 한 장
내 사타구니의 때 벗겨주는, 기분 환하게 해주는 그를
평생 믿고 따르기로 다짐한다
집착과 갈등, 고뇌도 없이
쉽게 마주할 수 있는 그는
아주 쉽고 구체적으로 삶을 가르친다
살아갈수록 뒤따라오는 시커먼 오독들을
제 살 다 닳아 없어질 때까지 씻어 내주며
사람 많은 거리 속으로 당당하게 걸어 나가게 하고

또 편히 잠들게 해주는
비누 한 장

나는 아침저녁으로
세면대 위 앉아 있는 그에게 두 손 모아
향불 올리는 자세로 허리 굽히며 경배한다.
오 거룩한 비누, 비눗님

# 갈치

말로는 도저히 설명이 불가능하다
실물을 봐야만 확인이 가능하다


하늘에서 내려온 선녀와의 대면은
눈빛 마주치는 순간이 마지막


아름다운 은빛 보여주는 것이 부끄럼인 듯
지상에 닿는 순간 스스로 죽음을 택한다


잠시 넋 놓고 바라볼 수 있는 그곳은
소매물도와 대마도 사이 밤바다 한가운데


통영호 낚싯배 갑판 위에서 잠시 잠깐이다

제3부

# 물질적 열반
— 증권사 법당에서의 한나절

언제부터인가 절이
사람 많은 도시 한가운데로 내려왔다

늘 그렇듯 오늘도 법당에는
자리에 다 앉지 못할 만큼 사람들 가득하다
얻고자 하는 것은 누구나 다 원하는 것이기에
또 그만큼 어려운 일인지도 모른다

그 옛날 비로자나불이 있던 자리를 들어내고
대신 세워놓은 검은 전광판에 수시로 번쩍거리는
저것은 하늘에서 내려온 별빛들
이곳 사람들 하나씩 연등으로 매달아 두고
염불을 왼다

옴마니반메훔 옴마니반메훔……
oh money many, oh money many

각자 점지해 놓은 저 별빛들

다시 하늘 높이 솟구쳐 오르는 날
그토록 염원하던 것들 모두 얻을 수 있을까
근심과 걱정 한순간에 사라지고
꿈꾸던 새로운 세상 얻을 수 있을까
수시로 주문 외고 기도하는
오랜 신앙심으로 무장한 표정들
사뭇 진지하고 엄숙하다

눈에 보이지 않는 것들은 다 헛된 것
오로지 숫자로만 나타나는 것만이
유일한 것
간절한 마음으로 기다리고 기다리는
상종가
아득한 물질적 열반의 그날!

# 봄 감기

도둑놈처럼 온다
너는

게으른 등 뒤 몰래 발꿈치 들고 찾아와
찬물 한 바가지 퍼부어 몸 벌벌 떨게 하였다가
가마솥 펄펄 끓는 물로 뒤집어씌우며
깊은 잠 속 빠뜨렸다 건져 올렸다 하길 몇 날 며칠
세상 어디에 쓰일 호밋자루도 못 될 몸 담금질하며
정신 못 차리도록 애먹이는 어느 틈에
흰 꽃은 희게, 붉은 꽃은 붉게 만들어 놓고
피어나는 저 꽃 얼마나 세상 밝히는 등불인가를
콧물, 눈물범벅으로 창문 내다보게 하며
친절하게 내게 봄을 가르치는 너는

재미없을 땐 가끔 세상 거꾸로 보며 살라고
어지럽도록 물구나무 세우고 얼차려 주면서
가슴 바닥 나태의 시커먼 독
칵! 칵! 칵!

가래 기침으로 내뱉게 하며
사나흘 가슴 밭 폭풍처럼 머물다 가고 나면
왜 이리도 세상은 아름다울까

멀리서 나를 찾아온 참 고마운 친구 같은.

# 고양이의 윤회

후미진 공터에 내던져진
네 죽음에는 아무런 번거로움이 없다
껍데기는 아무렇게나 있어도 괜찮다는 듯
최후는 이런 것이니 이리 와서 보라고
고약한 냄새로 불러 세운다
생선 뼈다귀 훔치다 돌을 맞았거나
어린 것들에 고기 한 점 갖다 주려다가
달려오는 자동차를 만났을까

썩어 짓물러진 몸 사이로
희끗희끗 갈비뼈가 드러나는 가슴팍에
살아서 키우지 못한 제 새끼 보듬듯
썩어가는 살점들 잘게 잘게 떼어주며 키워내는
흰쌀밥처럼 보글거리는
하얗게 다시 태어나는 저 어린 것들
어느 날엔가는 어미에게 없는 날개를 달고
푸른 하늘 속으로 훨훨 날아오르고 말까

고단했던 몸 알뜰히 풀어헤친 자리에

윤회의 증거로 남을 흰 뼈다귀들

묘비명처럼 달빛 아래 오래오래 빛이 날까

도시 기슭 살아왔음을 증명이라도 하듯

# 익사의 추억

수초들이 다정스레 손을 흔드는
진흙들이 인정 넘치게 두 다리를 잡아당기는
물의 바닥, 한 번도 아니고 여러 번씩
나를 받아주려고 몹시 용을 썼던
그해 여름

팔월에 태어난 내가 팔월 땡볕 아래
다시 한번 눈을 뜬 물가
하늘 한가운데 검은 태양이 서 있는 걸 보았지
짐승의 눈을 하고 있는

친절하게 집에까지 따라오는 진흙들
발톱 사이로 숨어들며
오래오래 함께하고 싶었을까
삼베 이불 속까지 따라오던
잔정 많은 진흙들

물속으로 가고 싶은 팔월에는

몸에 지느러미를 달고 싶다

물고기 대신 나를 건져 올려준

얼굴도 이름도 모르는 아저씨 낚싯바늘

이리저리 흔들어주고 싶다


수초들이 다정스레 손을 흔드는

진흙들이 인정 넘치게 다리를 잡아당기는

바닥으로 가서

# 낮달의 유인

일부러 해가 지기를 기다린 것은 아니었습니다
가을이 먼저 와서 기다리고 있는지도 몰랐습니다
누가 먼저 가자고 한 적도 없었습니다
바람이 내어준 길을 따라갔거나
고양이의 후각으로 비릿한 무엇인가의 냄새를 맡았거나
아니면 구름 속 숨은 낮달이 우리를 유인했는지 모릅니다

도시 끝자락에 있는 작은 공원엘 갔습니다
은행나무 아래에서 딱히 할 일도 없이 서성거리다가
어쩌다 마주하는 눈빛이 어색해질 때
붉어지는 서쪽 하늘 힐끗힐끗 훔쳐보다가
서로의 가슴에 숨어 있는 수심의 깊이를 재어보다가
먼 훗날을 가늠해 보았는지도 모릅니다

하늘 한쪽 모서리에 은행잎 노란색으로 서로를 칠하다가
두 사람이 또 다른 한그루 은행나무로 섰을 때
갑자기 우르르 쿵쿵 땅이 흔들렸습니다
아찔한 현기증과 동시에 온몸이 흔들렸습니다

다행히 서로를 껴안고 있었기에 넘어지지는 않았습니다만

태어나서 처음 하는 키스라 했습니다
태어나서 처음 느끼는 지진이라 했습니다
나중 이십 년쯤 지나갈 무렵에서는
태어나서 처음 느낀 오르가슴이라 했습니다
서녘 하늘에 낮달이 걸려 있었습니다

# 이명耳鳴

그녀는 기차를 타고 온다

멀리서 불 끄고 드러눕는 것을 지켜보기라도 했을까
잠자리 드는 때를 기다려 한순간에 달려온다
무슨 급히 전할 말이라도 있는지
몰래 속삭일 귓속말이라도 있는지

몸속 깃들기를 좋아하는 그녀는
시베리아 횡단 열차를 타고 온다
바이칼 호수 지나, 눈보라 치는 자작나무 숲 지나
어둠을 기다린 짐승 소리를 내며 달려온다

왼쪽에서 오른쪽으로 다시 오른쪽에서 왼쪽으로
빙글빙글 돌고 도는
몸부림칠수록 가라앉는 늪이 되는 몸속으로
찾아들었다가 출구를 찾지 못하는
덜컹거리는 기차 소리에 밤이 새도록
체위를 바꾸는 연습을 한다

정상위, 후배위, 좌측면위, 우측면위……

옆에 자는 아내 몰래
그녀는 기차를 타고 온다

# 도화살

귀신처럼 예뻤다
눈을 가진 것들은 그녀에게로 향했다
입을 가진 것들은 몰려들어 노래 불러주었다
살아 있는 것들 모두
비스듬히 그녀 쪽으로 몸이 기울었다

멀리서도 환했다
푸른 하늘은 거울이 되어주었고
해와 달도 일월오봉도 병풍 속인 듯하였다
바람이 알맞은 속도로 불어
살랑살랑 몸 흔들리기라도 하면
벽에다 주먹 쿵쿵 치는 일도, 고함지르는 일도
주로 이맘때 봄날의 일이었다
자주 배가 고팠고
물이 땡기던 일도 이 무렵이었다

비누 냄새가 스멀스멀 밤마다 스며들어
복숭아꽃 빛깔 여드름으로 돋아날 때

낮밤 구분 없이 달려가고 싶던 그 골목길 끝에
꽃나무 한그루 서 있었다
봄날을 희롱하듯

삼가라는 말, 멀리하라는 말은 들리지 않았다
양귀비였다가 베아트리체였다가
시시때때로 몸 바꿔가며
사람으로 분장하며 찾아들 때마다
아랫도리에 자꾸 손이 가던
누군가 간절히 그립던 한 시절

# 이팝꽃 여자

하나 둘 셋
누군가 불러주는 구령 소리에 맞춰
가볍게, 아주 가볍게
저쪽에서 이쪽으로 한꺼번에 건너뛰며
밋밋한 허공 한순간 꽃밭으로 만들고 마는
자잘 자잘한 웃음들

눈물 한 방울 후렴으로 따라 나올 법도 한데
산다는 건 희극이라고 대변이라도 하듯
세상 환하게 만들어놓은 것도 모자라
겨드랑이 간질이며 숨겨둔 웃음 기어코 훔쳐 먹고 마는
꼬리 아홉 여우 심술부리는 가슴 골짝

웃음으로 분장한 슬픔 꺼내 먹고 싶은
봄날은 그대 목덜미만큼 희다

아득하여 환한 것들
지상으로 건너올 적엔 이팝나무 몸을 빌려

한꺼번에 쏟아져 나오는 걸까

슬픔이 들키면 찰나에 사라지기라도 하는지

그녀는 늘 웃고 서 있다

오토바이 경적 소리

빵 빵 빵

봄을 재촉하고 있는 도시 한복판에서

# 방안의 파도

세상 저 멀리에 있을 파도가 언젠가부터
둘 사는 작은방에 출렁출렁 거리기 시작했다
자고 나면 사라질 것 같던 파도는
잠잠했다가도 일터에서 돌아오는 밤마다
더 큰 물살로 출렁거렸다

발등을 적시고 하반신을 잠그며
급기야 목까지 차올랐을 때
반신반의했던 서로를 따져대기 시작했다
출렁대는 파도 때문에 몸이 출렁거리고
마음까지 출렁거려 되는 일이 하나도 없다며
파도를 데리고 들어온 건 바로 당신이야 당신이라고
서로 따져대며 싸울 때마다
부서진 리모컨은 금방 새것이 되기도 했다

철썩 찰싹 철썩 찰싹
서로서로 뺨을 때려가며
주기적으로 찾아오는 파도는

둘 사이를 출렁출렁 흔들어대며
싸우는 법과 용서하는 법을 동시에 가르치며
파도 속에서 살아가는 법을 가르쳤다

밀려왔다 밀려가는 그 길지 않는 며칠 사이가
잠시 행복할 수 있는 시간임을 알고부터는
은근히 우리들이 먼저 파도를 기다릴 때도 있다

# 푸른색 방

하교 무렵 치맛자락에 붙어 따라온
오후 두세 시쯤의 몸 간지러운 햇살들
푸른색 대문과 푸른색 방 문지방 넘어서자마자
열다섯 해 자라온 가슴을 쓰다듬은 다음 천천히
엉덩이 쪽으로 미끄러지며 내려갔다

모든 것이 처음이었다
사랑도 섹스도
누가 가르쳐 준 적도, 배울 필요도 없었다
나이도, 피부색도
거추장스러운 것들은 바람에 구름 벗겨지듯
저절로 벗겨졌다 옷은

그냥 저절로 움직여지는 것
그게 사랑이다

신음을 억지로 숨기지 않아서 좋다
입술과 입술이 닿는 소리는 발소리에

몸과 몸이 닿는 소리는 물건 파는 소리에 묻혔다

사랑하기 좋은 장소는 굳이 조용할 필요는 없다

사랑은 몰입

시장 한가운데에서도 몸속으로 밀려오는 파도 소리가 들
렸다


푸른 대문 열고 들어가면 나타나는 푸른색 방

창틈으로 햇빛만이 넘나드는 그곳에서는

모든 게 다 가능하다

열다섯 나이에 다 늙어버리는 것도…


아니지, 아닐 거야

사랑은

이별도 조금, 슬픔도 조금 그리고 눈물도 조금

그리워하다가 미워하다가

푸른색 그림자로 완성되는 것!

# 쓰레기통과 백과사전


아파트 단지 한쪽 구석

너는 새로운 세상을 꿈꾼다


지식의 낱알들을 위해

백과사전을 뒤적거릴 때

너는 푸른 하늘로 눈을 박은 면벽의 자세로

텅텅 비워질 이 도시를 꿈꾸며

나를 기다린다


내가 필요로 하고 필요하지 않은 것 가릴 것 없이

살아가는 데 짐이 되는

버리고는 싶은데 미련이 남는

가능하면 부피가 큰 것보다는 꼬깃꼬깃 가슴속 접어놓은

자신의 자물쇠로 채워놓고 머리맡 두고 자는

버릇처럼 인용하는 경구나 잠언

이 모든 관념의 짐들 깨끗이 비워지길 기다리며


가능하면 버릴 것

그러면 거실은 넓어지고 머릿속까지 훤해

새로운 세상이 될 거라고

창문 바라보며 앉아 있지만

오늘도 나는 두꺼운 책을 읽는다


비워지는 것이 두려운 나는.

# 똥물 한 바가지

채전 밭 채소들은 주인 발자국 소리를 듣고 자란다고 했던가요 산비탈 밭에는 행여나 올까 날마다 나를 기다리는 눈빛들이 자라고 있다 바람이 지나는 소리에도 귀 쫑긋거리며 무슨 냄새라도 맡으려 킁킁거리며 배고픈 얼굴로 기다리는 고양이 새끼들 같기도 하고 강아지 새끼들 같은 그것들이 기다리는 것은 똥물 한 바가지

사실 나에게는 없는, 이미 몸을 빠져나가 강으로 바다로 흘러가 버린 아쉬운 것들, 미안함에 밭에 갈 적마다 빈손으로 가기 뭐해서 참고 참았다가 슬며시 바지춤을 내리기도 한다 주위를 살피고 인기척을 확인한 다음 듣는 시원한 낙수 소리는 서로에게 즐거운 소나기가 되기도 한다 가끔은 공중화장실의 똥오줌을 훔쳐 오고 싶기도 하다 생각 없이 버리는 것들 소중히 받아와서 정성껏 나눠주고 싶다 젖 물리듯 실컷 똥과 오줌 빨아먹은 것들은 무럭무럭 자라서 누군가에게 초록빛 싱싱한 기쁨과 보람으로 되돌려 줄 것이다

나도 누군가의 똥물 한 바가지 오지게 받아먹고 몸속에

푸른 피를 가지고 싶다 옛날처럼 내게 똥물 퍼부어 줄 할배
도 없고 아부지도 없다 누가 내게 똥물 한 바가지 시원하게
퍼부어 주면 좋겠다 푸른 잎을 매달고 싶은 몸이 간지럽다

# 목련 자객

살금살금 그렇게 왔습니다
남의 집 담벼락 너머로

하얀 복면으로 얼굴 가리고
몇 날 며칠 거동을 살피고 허점을 살피다가
이때다! 하고
한꺼번에 들이닥쳤습니다

가슴 베러 오는 줄도 모르고
마냥 꽃 피기만을 기다리며
누군가가 보고 싶고 그리워지는
바로 그때였습니다
느닷없이 들이닥친 자들에게
속수무책 당하고 나서야 알았습니다

꽃 필 무렵엔 호시탐탐
가슴 노리는 자들이 있다는 사실을
몸에 두를 갑옷 한 벌 필요하다는 것을

제4부

# 베라의 세계 일주

미국의 여성 베라 앤더슨은 퇴직만 하면 세계 일주 여행이나 떠나야겠다고 차근차근 적금 들고 돈 모았지만 뇌졸중과 심장병으로 산소호흡기에 의지할 수밖에 없었다

한번 가면 돌아올 수 없는 마지막 여행을 앞두고 결심했다 살아서는 내 나라도 다 돌아보지 못했지만 죽어서는 세계 곳곳 돌아보리라고

아들은 변호사에게 어머니 유언을 공증받았다 화장한 유골은 241개 작은 주머니에 담겨 미국 50개 주와 5대륙 19개국 우체국장에게 보내졌다 어머니의 간곡한 소원을 이루어 달라는 정성 어린 손편지를 곁들여서

베라의 유골을 받아들인 사람들은 하나같이 제 어머니의 일인 양 고유의 양식으로 장례를 치러주었다 생면부지의 낯선 사람을 위하여

볼리비아 티티카카 호수에서는 고대인의 의식으로, 스톡

홀름궁전 앞에서, 태국의 차오프라야강 언덕에서, 일본의 신사에서, 남극의 빙하에서, 사하라 사막 가운데에서 뿌려졌다 베라의 유골은

먼 곳에 살아도, 문화와 종교가 다르고 인종이 달라도 세상 사람들은 마지막 세계 일주 여행에 동참했다 베라 앤더슨의 영혼은 나라마다 다른 아름다운 꽃으로 피어났다

# 김 마담


生의 마지막 봄이라도 될까
다시는 못 볼 꽃이라도 될까


벚꽃 구경 나온 사람들로 가득한
경주 보문단지
아름다운 사월의 행렬을 본다
메카를 향해 성지순례에 나서는
이슬람교도들의 열렬함을 본다


살아 있음을 확인하듯
꽃을 봐야만 할 이유가 따로 있는 걸까
환히 세상 밝힌 꽃나무 올려다보면
가슴마저 환히 밝아져 올까
사람들은 꽃을 구경하고 꽃들도 사람 구경에 즐거운
봄 한나절 햇살이 눈에 시리다


저 많은 사람들 가운데
눈 깜빡할 사이 꽃이 지듯

눈 깜빡할 사이 져버릴 마지막 눈빛으로
꽃을 보고 가는 이의 가슴은
얼마나 깜깜하도록 아름다운 것일까

아프리카 들판을 가로지르는 누 떼처럼
봄날 한복판을 건너가는 거대한 행렬 뒤편으로
흐릿한 먼지가 이는 봄날의 벚꽃 구경

한 사람, 무리를 이탈하여 홀로 남는
봄날이 수상하다

# 레드 퀸 효과*

나 잡아봐라 나 잡아봐라
영양은 사자에게 달리기를 가르쳤다
사자는 영양에게 더 빨리 달리는 법을 가르쳤다
별이 빛나는 밤마다

따라잡기 위해, 따라잡히지 않기 위해
서로는 서로에게 달리기를 가르쳐주고 배웠다
사자는 영양에게 지그재그 주법을
영양은 사자에게 매복과 기습 전략을
달빛 부서지는 밤마다

온 힘 다해 뛰지 않으면 내일은 없다
아름다운 사바나에 머물기 위해서는 두 배로 뛰어야 한다
살기 위해 서로는 서로에게
달리기를 가르치고 달리기를 배운다

오늘도 우리는 건기 우기 가리지 않고
밤낮없이 뛰고 달려야 한다

너는 세렝게티 평원에서

나는 도시 기슭에서


\* 레드 퀸 효과(red queen effect) : ① 매트 리들리(Matt Ridly)가 쓴 진
화심리학 책의 제목. ② 루이스 캐럴의 『이상한 나라의 앨리스』 속편
에 나오는 레드 퀸에서 비롯된 생물학 및 경영학 이론.

# 버지니아 울프

돈 오백 파운드와 자기만의 방은
꼭 있어야 한다고 생각해요
여자가 아닌 남자인 나도

하는 일이라고는 종일 글 쓰는 것이 전부인데
소리들은 야윈 가슴에 기어드는
고양이 울음소리 같기도 하다가
바람 불면 오빠 목소리 비슷하기도 했다

귀 막으면
가슴 아래쪽에서 물소리가 들렸다
모든 생명들은 물에서 나왔다지요
간혹 몸속에서 퍼드덕거린 것들은
물고기들이었는지

뒤돌아보기 싫은 사람들은
물소리 들리는 쪽이 고향이라 생각하나 봐요
가끔 강물로 몸이 기울기도 했지만

잘 참고 살아온 이유는
오로지 당신 때문이었죠

더 오래 참기 위하여
내일은 오래전부터 그토록 입고 싶었던
주머니 많은 옷을 사야겠습니다

주머니에 차곡차곡 깡 야문 글자들을 넣고
강 건너는 법, 세상 다녀오는 법을 익히겠습니다

그리고 자기만의 방 하나 있어야겠습니다
물속에서든, 물 건너편이든

# 검은 돛배

때로는 노래가 망치 소리로 다가올 때가 있다
아말리아의 노래를 들으면 그렇다
탁탁 가슴팍 두드리는 노랫소리 들을 때마다
나는 아프리카 해변에서 그리 멀지 않은
밀림 속 가시덤불 아래 숨어 있다

상반신을 두 쪽으로 쩍 찢어 갈라놓고
어거적 어거적 시뻘건 간을 꺼내어 먹는
내장들을 씹어 먹고, 살점을 발라 먹는
어느 식인 부족의 북소리에 가슴은 쿵쾅쿵쾅 거린다
점점 거리를 좁히며 다가오는 칼과 창을 치켜든 무리들
어떡하지, 도망쳐야 될지 그대로 가만있어야 될지
순간을 선택해야 하는 짧은 시간에
나뭇잎 이파리에다 마지막이 될 짧은 편지를 쓴다

남자가 바다로 나간다는 건 돌아오지 않을 수도 있다는 것
애써 기다릴 필요가 없다 설령 검은 돛배가 보이더라도
손을 흔들거나 기다리지 말 것

바다에는 간혹 헛것이 보이기도 하는 곳

파도 소리 들리는 항구는 파두를 부르기 좋은 곳
약간의 술과 춤은 있어도 괜찮을 듯
그대여 환한 대낮에는 리스본의 햇살을 즐겨라 대신
어둔 밤에는 파두를 불러다오
노랫소리가 은하수에 닿을 수 있도록

그대여 어둔 밤에는 파두를 불러다오
어느 날엔가 검은 돛배를 타고 노랫소리를 따라갈 테니

# 선인장, 마흔 근처

잠깐 졸았을 뿐인데 눈 떠보니 사막 한가운데였다
어떻게 여기까지 왔는지
어디로 가야 하는 길인지 희미하다
분명한 것은 머리맡에 놓인 서너 개의 보따리들
머리에 이거나 등에 지고 모래언덕을 넘어가야 한다는 것

무거운 짐 싣고 갈 낙타는 꿈속에 보았던 동물
밤하늘 별빛 해독할 점성술을 익혔으면 좋았을 텐데
잠시 쉬었다 갈 오아시스가 어느 쪽에 있는지
기러기 날아가는 곳이 남쪽인지 북쪽인지 알 수가 없다
바람이 등 떠미는 쪽으로 가면 행운이라도 따를까

어디로 가야 할지 물어볼 사람도 없다
엄마와 아버지는 왜 갑자기 사라졌을까
왜 미리 사막 건너가는 법을 물어보지 않았는지
여태 정신 팔고 다녔던 일들은 무엇이었을까

호수 하나 만들고도 남았을

흘렸던 눈물들은 다 어디로 갔을까

간절하게 그리운 눈물방울 하나하나

몸 안에 숨길 수 있는 선인장을 닮아야 할까

꽃도 버리고 잎도 버리고

온몸 가득 가시를 달아야 하는

사막, 마흔 근처

# 서울 누아르

온 국민이 이렇게 열광하는 영화는 처음이다
캐도 캐도 끝이 없는 무궁무진한 네버엔딩 스토리에
대통령과 장관들이 등장하는 화려한 캐스팅에다가
인물들 이력들이 굵직굵직하게 무게감 있다
국내외를 넘나드는 스케일 또한 방대하다
무엇보다 내용이 탄탄하고 스토리가 있다
아버지로부터 딸에게 대대로 이어지는 서사가 있다
손에 땀이 나는 흥미진진한 드라마의 긴장감이
전편에 걸쳐 흐르고 몰라도 될 멜로 또한 숨어 있다
억지 눈물과 과장된 웃음을 주는 보통 영화와는 격이 다
르다
리얼하게, 분노와 허무를 쉽게 느끼게 한다
모두 열광하고 하나로 만드는 완벽에 가까운 영화
박스 오피스 순위나 관객 동원 숫자는 무의미하다
영화를 잘 봤다는 사람들은 촛불로 표현한다
촛불은 밤마다 출렁출렁 도시 한가운데로 흐른다

국민 대다수가 관람하는 영화는 현재 진행형이다

매일 내용이 업그레이드되는

재미있어 슬픈 영화

# 여림*이라는 시인

본 적이 있나요?

혼자 북한강에서 돌 던지며 놀고 있는 사람

서울로 이어지는 자동차 헤드라이트 불빛 싫어

눈 찡그리던 사람

남양주 어디에서 자주 들리던 거제 앞바다 파도 소리

달래다가 잠재우다 소주를 좋아하게 된

그 사내


한번 보자, 소주 한잔하자

남발했던 약속들

시 접고 시골 내려온 어느 날

지나가던 북서풍이 전해 준 20년 지난 부음에는

하모니카 소리 가늘게 새어 나왔다.

형님 소리 참 듣고 싶기도 했다마는······


마당 끝이 바다였던 집 막내

가슴팍에 파도 소리가 절반인 그에게

살아야 할 근사한 이유가 세상 어디에 있었던가

이 길 어디쯤 해종일 네가 서 있었으면 좋겠다

송장헤엄 치는 허허바다
사람과 사람 사이 멀미하면서도
돌아서면 그리운 게 사람이었을까
시인이 되고 싶었을 뿐
시인으로 굳이 어떤 말도 하고 싶지 않다던
그대

소주 대신 졸시 한편으로 퉁 쳐도 될까요


* 1999년 한국일보 신춘문예 등단, 2002년 타계, 친구들이 컴퓨터 속 시들을
꺼내어 묶어준 유고시집 『안개 속으로 새들이 걸어간다』가 있음.

# 못

— 위벽으로 찾아온 그대


건강검진 위내시경 사진 속

위벽에 못 하나 박혀 있었다


언제 찾아왔을까

말하고 오면 오지 마 할 것 같아서

소리 소문 없이 찾아들었나 보다

누구 가슴에 못 박은 줄도 모르고

키득키득 살고 있는 몸속으로


너도 한번 당해봐라 앙갚음하러 왔을까

나로 인해 가슴 아팠던 것들

어디서 몰래 쓰삭쓰삭 칼을 갈고 있었던 걸까

복수를 다짐하며

꽝꽝 못질하고 싶었을까


나무 기둥은 재미없고 싱거워서

강한 임팩트가 필요했을까

심장 가까이로

정체불명의 자객처럼

어느 날 문득 나를 찾아온


내 말에 상처받았던 사람들

내 몸에 상처받았던 여자들

# 혀 내밀고 웃는 말*

어느 날 문득
금령총 무덤에서 뚜벅뚜벅 걸어 나왔다
엊저녁 여물이 잘 차려진 다과상만큼 맛있었다는 듯
혀 내밀며 헤죽헤죽 웃으면서
삼겹살집에서 이빨 쑤시고 나오듯

황성공원에 뭐 재미있는 것 없나
사람들, 특히나 글쟁이들 뭔 짓 하는지
예술의 전당 전시회 하는 4층까지
엘리베이터를 타고 올라왔다

카페라떼 한 잔 마시며 서라벌이 왜 이러노? 하길래
세상 많이 변했으니 여기 말고 저기
광화문이나 세종로 쪽으로 가거나
아니면 여의도 쪽이 재밌을 거라 했더니
혀 내밀며 헤죽헤죽 웃기만 했다

심심한 듯 해지기도 전에

걸어 나왔던 금령총 쪽으로 되돌아갔다

테이크아웃 커피 잔 들고 걸어가는

황리단길 여대생처럼

혀 내밀고 헤죽헤죽 웃으며


* 경주 금령총 재발굴 때 나온 말 모양 토기.

# 고슴도치

큰일이다 아내 몸에 가시가 돋기 시작했다
하루에 한두 개씩, 어느새 가시들이
머리에서 발끝까지 촘촘하게 돋아나면서부터
아내가 무서워지기 시작했다

어쩌다 보면 손에 피가 나기도 했다
실수로 찔렸다기보다는 공격을 받았다는 느낌이다
몸속으로 파고든 가시들은
여기저기를 돌아다니며 비명소리를 즐기다가
술이라도 한잔 마시는 밤이면
빠알갛게 샐비어 꽃밭을 만들기도 했다

가시 돋는 원인은 나 때문이란다
밉거나 보기 싫을 때마다 하나씩 자라났단다
저절로 자란 것이 아니라 한 움큼씩 갖다 심었단다
물 주고 거름까지 줘가며 지극정성으로 키웠단다
그러고 보니 내게서 하나씩 빠져나간 머리카락 숫자와
아내 몸에 돋는 가시 숫자가 비슷하기도 하다

가시들은 수시로 흉기가 되어 되돌아오는 밤마다
  나는 꽥! 꽥! 소리를 내지르기도 한다
  비명소리가 크면 클수록 아내는 흡족한 미소를 짓기도
한다
  은근히 고통을 즐길수록
  아내의 만족도는 한 단계씩 올라가기만 한다
  굳이 잠자리를 하지 않아도

  가시 많은 아내가 무서운 남자들은
  퇴근길 동네 막걸릿집에 붐비기도 하고
  당구를 치며 늦은 귀가를 즐기기도 한다
  그곳에서 남자들만의 동족 의식은 자연스럽게 다져지기
도 한다

  콕! 콕!
  가슴을 찔려 본 남자들은 목소리를 낮추거나 잘 엎드리
기도 한다

가끔 강아지처럼 재롱도 피울 줄 안다

그럼에도 불구하고  대부분 남자들은

아니라고 큰소리를 친다

밖에서는 특히

# 살구나무

간밤에 무슨 일 있었을까

살구나무 아래
핏빛 어지럽다

마지막 문장까지 낱낱이
적나라하게 계절을 베껴 써 내려간
하룻밤의 필사筆寫

그 자리 그대로
우두커니 살다간
울 아버지 같다

봄은 재빠르게
아버지 몸 홀딱 훑고 서울 쪽으로 달아났다
야반도주한 꽃다방 김 마담처럼

# 목월 선생

내가 찾아갔는지 그가 찾아왔는지

뒷골목 여인숙 같기도 하고 어릴 적 초가집 아랫목 같기도 한

낡고 허름한 방안에 나란히 누웠네

낮은 천정에는 은하수가 이팝 꽃으로 피어 있고

북두칠성도 배고픈 날 물바가지만큼 또렷하였네


허연 런닝구 차림이

꼭 할배 같기도 하고 아버지 같기도 한

그가 말 걸었는지 내가 말 걸었는지

내가 묻고 그가 답했는지

그가 묻고 내가 답했는지

긴 밤 짧도록 주고받았던 말들


어디로 갔을까

밤하늘 별로 박힌 줄 알았는데

받아 적은 것 하나 없는데

외우는 것 하나 없는데

어디로 갔을까

첫차 타고 서울로 갔을까 경주로 갔을까


시 잘 쓰는 서울 시인들도 많은데

잘나가는 젊은 시인들도 많은데

하필이면 왜

시 잊고 사는 나를 찾아왔을까


시 한번 다시 써보라고

이른 새벽 깨워놓고 간

2016년 3월 14일

꿈에 찾아온 선생에게 물어봅니다


시 다시 써도 될까요?

전인식의 시세계

# 시라는 이름의 무대, 삶이라는 이름의 주인공

권온

# 시라는 이름의 무대,
# 삶이라는 이름의 주인공

권온

(문학평론가)

1.

폴 리쾨르Paul Ricoeur에 따르면 인간은 스스로를 무대로 이끌고 더 나아가서 스스로를 무대라고 생각한다(A human being brings himself to the stage, he considers himself as a stage). 모든 인간은 하나의 시, 소설, 영화의 주인공일 수 있고 더 나아가서 모든 인간의 삶은 하나의 시, 소설, 영화 자체일 수 있다는 진술로 이해할 수 있겠다. 누군가의 삶을 들여다보면서,

누군가의 일생을 관찰하면서 우리는 웃음과 울음, 기쁨과 슬픔, 행복과 불행 등 다채로운 감정과 느낌의 파동을 경험할 수 있다. 독자들이 한 편의 시를 읽고 한 권의 시집을 가까이하는 까닭도 여기에 있으리라.

이 글은 전인식의 시집 『모란꽃 무늬 이불 속』을 살피고 싶다. 「슬픈 직선」, 「어머니 무덤을 파다」, 「호텔 봉정암」, 「도다리」, 「비누의 형이상학」, 「물질적 열반」, 「방안의 파도」, 「선인장, 마흔 근처」 등 여덟 편의 시에 담긴 세상을 독자들과 나누고 싶다. 우리는 '역사', '사회', '자유', '삶', '죽음', '물질', '열반', '싸움', '용서', '꿈' 등의 키워드를 활용하여 시인의 시 세계를 확인할 수 있을 것으로 기대한다. 전인식의 잘 읽히는 시, 시원시원한 시, 좋은 시의 실재를 감각할 차례이다.


2.


아프리카 지도를 펼치면 피 냄새가 난다


어느 날 하루아침에
윗마을과 아랫마을이 남의 나라가 되었다
너의 집과 나의 집이 남의 나라가 되었다


어느 날 하룻밤 새

가족들이 다른 나라 사람이 되었다

형은 영어를, 동생은 프랑스어를 배워야 했다


어느 날 갑자기

천둥 번개처럼 면도칼이 지나갔다

마을 앞 흐르던 강물이 잘려나갔고

염소 몰던 초원이 잘려나갔다

바오바브나무와 코끼리도 잘려나갔다


우리는?

— 「슬픈 직선」 전문


어떤 시를 읽은 독자는 역사와 사회를 향한 유의미한 질문을 던질 수 있다. 이런 시를 읽은 독자는 역사와 사회에 관한 새로운 인식에 도달할 수 있는 기회를 얻게 된다. 전인식의 「슬픈 직선」은 독자들에게 그런 질문을, 그런 기회를 제공할 수 있는 시이다. 시인은 군더더기 없는 언어 운용으로 아프리카의 역사를 시로 형상화한다. '제국주의帝國主義(imperialism)'와 '아프리카 분할Africa 分割(Scramble for Africa)'은 이 시의 역사적 배경으로 자리한다.

아프리카 분할이란 1880년대부터 제1차 세계대전이 발생한 1914년까지 영국, 프랑스, 독일, 이탈리아, 벨기에, 포르투

갈, 스페인 등의 서구 열강이 제국주의의 논리로 아프리카 대륙을 땅따먹기 하듯이 나누어 갖게 되었던 역사적 사건을 뜻한다. 전인식은 "아프리카 지도를 펼치면 피 냄새가 난다"라는 1연의 진술을 추출함으로써 아프리카 분할이라는 슬픈 역사를 감각적으로 환기하였다.

1연이 이 시의 서두라면 2연부터 4연은 본문에 해당한다. 시인은 '반복'과 '변주'를 활용하여 아프리카의 비극을 극적으로 전달한다. 2연 1행 "어느 날 하루아침에"와 3연 1행 "어느 날 하룻밤 새" 그리고 4연 1행 "어느 날 갑자기"에 집중하자. 세 개의 행에서 '어느 날'은 반복되고 이후 부분은 변주된다. '하루아침에'와 '하룻밤 새' 그리고 '갑자기' 등 세 개의 어구는 다르면서 같다. 겉으로 드러난 표기는 다르지만 내포적 의미가 같다는 점이 긴요하다. 전인식은 세 개의 어구를 동일한 표기로 쓸 수 있었으나 의도적으로 다양하게 변주하고 있기 때문이다.

시인은 2연~4연에서 "윗마을과 아랫마을이", "너의 집과 나의 집이", "가족들이" 자신의 의지와 무관하게 "남의 나라가 되"는, "다른 나라 사람이 되"는, "형은 영어를, 동생은 프랑스어를 배워야 했"던 끔찍한 경험을 다룬다. 또한, "강물이 잘려나갔고", "초원이 잘려나갔"으며, "바오바브나무와 코끼리도 잘려나갔다"라는 진술은 독자들에게 서구 열강에 의한 아프리카 분할의 실상을 또렷하게 알려준다. 전인식의 문제의식은 이것으로 끝나지 않는다. 그는 5연 "우리는?"을 제시함으로써 우리가 살아가는 오늘날의 대한민국 사회를 되돌아보고 있다. 이 시는 일본 제국주의와 미소 군정 그리고 남북 분단으로 이어지는 우리의 역사를 되돌아볼 수 있는 계기를 마련한다는 점에서도 기억해야 할 작품이다.

어머니의 무덤을 파는 나의 삽질은 가볍다


염려스러운 듯 서 있는 동생들의 눈빛
아, 안타까운 우리 가족들의 보물상자


얼어붙은 땅속 깊이 내려갈수록
아늑해져 오는 아랫목 훈기
된장국이라도 끓여 놓았을까
잡채도 만들어 놓았을까


어머니의 무덤을 파는 나의 삽질은 가볍다


룰루랄라
룰루랄라
나의 삽질은 즐겁다
나의 괭이질은 즐겁다

만나면

왜 그리 급히도 가셨냐고

묻고 싶던 말들은 하지 말아야지

젖꼭지부터 찾아야지


어머니의 무덤을 파는 나의 삽질은 가볍다


입 대었던 모유의 기억

어머니는 똑똑히 기억하고 계실 거야

부드럽게 이마 쓰다듬으며

이쁘게 젖꼭지를 물려주실 거야


그대로 잠이 들고 말 거야

눈보라 치는 섣달그믐날

여기는 모란꽃 무늬 이불 속

　　　　　　　　　　—「어머니 무덤을 파다」 전문


　전인식의 시는 어렵지 않다. 그의 시는 쉽게 읽히는 편이다. 그는 시를 즐기는 진정한 시인이다. 그러나 오해해서는 안 되겠다. 쉽게 읽히는 시와 평범한 수준의 시가 반드시 일치하는 것은 아니다. 전인식은 언어라는 이름의 무한한 재료

로 시라는 이름의 다채로운 요리를 선보인다. 쉬운 언어로 풍
성한 의미를 전달한다는 점에서 그는 탁월한 역량을 보여주
는 시인이다.

아홉 개 연으로 구성된 이 시에서 1연과 4연과 7연은 모두
"어머니의 무덤을 파는 나의 삽질은 가볍다"라는 동일한 진술
로 이루어졌다. 같은 진술을 작품 곳곳에 배치했다는 것은 전
인식이 '반복'의 기법을 적절히 활용하고 있음을 의미한다. 그
는 또한 2연~3연, 5연~6연, 8연~9연에 각각 다른 표현을 제시
함으로써 '변주'의 기법을 사용한다. 시인은 반복을 활용하여
시의 주제를 강화하는 동시에 변주를 사용하여 생생한 작품
을 이끌어간다.

전인식이 이 시에서 주목하는 어휘나 표현은 '어머니'와 관
련된 경우가 많다. '무덤', '아랫목', '된장국', '잡채', '모유', '젖
꼭지', '모란꽃 무늬 이불' 등은 시적 화자 '나'에게 어머니를 소
환할 수 있는 힘을 제공하는 조력자들이다. 시집의 제목을 『
모란꽃 무늬 이불 속』으로 결정했다는 사실은 이 시를 향한
시인의 기대감을 반영한다. "어머니의 무덤을 파는" 행위는
경외감을 불러올 수 있어서 "나의 삽질은 가볍다"라는 이어지
는 진술과 어울리지 않는다. 전인식이 이런 의도적인 진술을
3회 반복한 까닭은 무엇인가? 어머니의 무덤을 파는 일은 일
반적으로 2연에 제시되듯이 '염려스러운' 또는 '안타까운' 감
정을 일으킬 수 있다. 시인은 이런 부정적인 감정에 매몰되지

않고 이를 뒤집는다. 그는 어머니와의 즐거웠던 추억을 회상함으로써 지금, 여기의 삶을 긍정적으로 끌어올린다. 전인식은 "눈보라 치는 섣달그믐날"이라는 외부적 환경에 노출된다고 해도 독자들의 내면이 "모란꽃 무늬 이불 속"의 포근함을 유지할 수 있기를 바라는 게 아닐까?

    봉정암에서 딱 하룻밤이면 알 수 있네
    얼마나 잘 먹고 싸고 있는지를 그것이 행이고 복인 것을
    살아온 낮은 땅에서는 몰랐던 사실들

    단무지 몇 조각을 얹은 미역국 한 대접이 왜 이리 맛이 있
    는지
    대청 소청 아래 서너 됫박 땀 공양 아니면 이르지 못하는
    곳에
    절이 있는 이유를 그제야 알 수 있지
    오색에서 오르든, 백담에서 오르든

    몸부림칠 수도 없이 매직펜으로 그려 놓은 한 칸 한 칸의
    공간
    발 고린내와 땀 냄새가 네 것 내 것 구분할 수 없어 좋은
    건너 칸 사람의 발이 옆구리를 찌르고 옆 칸 사람 손이 넘
    어오는

코 고는 천둥소리에 요사채 지붕이 무너질 것 같아도

행여 꿈속에 부처님 찾아들지는 않을까

그것 하나로 쉬이 잠들 수 있는 이곳에서 하룻밤이면

내 꿈이 얼마나 호사스럽고 내 삶이 얼마나 허공 천지였

는지

굳이 수마노탑에 오르지 않아도 알 수 있네


이곳 대청과 소청 아래에서는 누구나

꿈꾸고자 하는 것들, 이루고자 하는 것들이 다 똑같을 수밖에

그대처럼, 체 게바라처럼

―「호텔 봉정암」 전문


'천의무봉天衣無縫'이라는 표현이 어울릴 만한 시이다. 전인식은 꼭 필요한 어휘와 표현을 골라서 작품을 완성한다. 그의 시에서 불필요한 어휘나 표현을 찾기란 쉽지 않은 일이다. 시인은 1연 1행에서 "알 수 있네"를, 2연 3행에서 "알 수 있지"를, 3연 8행에서 "알 수 있네"를 제시한다. '알 수 있다'라는 의미의 서술어를 3회 반복함으로써 이 시는 독자들에게 안정감과 리듬감을 제공할 수 있다.

전인식이 여기에서 알리고 싶은 메시지는 '봉정암鳳頂庵'의 가치와 관련될 테다. '호텔 봉정암'이라는 작품의 제목에서도 알 수 있듯이 시인은 봉정암을 높게 평가한다. 1연에 따르면

설악산 소청봉 북서쪽에 위치한 사찰인 봉정암은 시적 화자 '나'를 비롯한 우리들 속인俗人이 "살아온 낮은 땅에서는 몰랐던 사실들"을 알려주는 신비로운 장소이다. '낮은 땅'과 대비되는 '높은 땅'으로서의 봉정암에서 '나'는 "얼마나 잘 먹고 싸고 있는지를 그것이 행이고 복인 것을" 깨닫는다. 봉정암에서 우리는 삶의 '행幸'과 '복福'을 멀리서 거창하게 찾을 필요가 없음을 알게 되는 것이다.

봉정암의 가치는 2연에서도 여전히 빛난다. 전인식에 의하면 "서너 됫박 땀 공양"을 바쳐야 비로소 도달할 수 있는 절이, "단무지 몇 조각을 얹은 미역국 한 대접"의 진미를 비로소 알 수 있는 곳이 봉정암이다. 우리는 그곳에서 작고 소중한 것의 가치, 정직하고 성실한 태도의 소중함을 깨닫는다. 3연에서 펼쳐지는 봉정암의 가치는 더욱 극적이다. "매직펜으로 그려 놓은 한 칸 한 칸의 공간"에서 '나'와 '너'의 구분은 무의미하다. "발 고린내와 땀 냄새가" 섞이고 "건너 칸 사람의 발이 옆구리를 찌"른다. "코 고는 천둥소리에 요사채 지붕이 무너질 것 같아도", 우리는 이곳에서 "꿈속에", "찾아들", "부처님"을 생각하며 "쉬이 잠들 수 있"다. '나'는 '낮은 땅'에서 꾸었던 "내 꿈이 얼마나 호사스럽고 내 삶이 얼마나 허공 천지였는지" 깨닫는 것이다. 우리는 '높은 땅' 봉정암에서 낮은 자세로 스스로의 '꿈'과 '삶'을 되돌아본다. 땅에 발을 디디며 위태로운 꿈과 공허한 삶을 반성한 '나'는 4연에 이르러 "누구나/ 꿈꾸고

자 하는 것들, 이루고자 하는 것들이 다 똑같을 수밖에" 없다
는 인식에 도달한다. 이 시를 읽는 이들은 모든 사람들의 꿈
과 삶의 가치를 인정할 수 있는 장소가 봉정암임을 깨닫는다.
그곳에서 '나'와 '그대'는 "체 게바라처럼" 자유로울 수 있으
리라.

　　사는 건 기다리는 일이지

　　물론 나도 차례를 기다릴 뿐이지

　　이렇게 줄을 서듯 매일매일


　　주어진 하루 치 헤엄

　　피해봤자 한두 시간, 길어야 한나절

　　의지와 상관없는 지느러미들


　　그리운 것은 심해 그곳

　　무리 짓고 노닐던 한때

　　은빛 반짝거림의 추억들뿐


　　버스를 기다리다 눈 마주친

　　수족관 속 물고기들

　　사는 일 마찬가지라고 담뱃불 켤 때

　　누군가 등 뒤에서 내 이름을 부른다

광어 !

도다리 !

그리고 전인식 !


이름 불러지면 어김없이 밧줄을 내리는

저 위에서 내려다본다면

수족관 속 도다리 틀림없을

나


기다린다 지금 혹은 나중

타고 가야 할

사각형의 버스 한 대.

　　　　　　　　　　　　　　　　　　—「도다리」 전문


　전인식은 망설이지 않는다. 그는 주저하지 않고 단도직입
으로 메시지를 전달한다. 시인은 이 시의 1연에서 '삶'을 정의
한다. 그에 따르면 "사는 건 기다리는 일이"다. '삶'이란 "매일
매일", "줄을 서듯", "차례를 기다릴 뿐이"라고 시적 화자 '나'
는 이야기한다. '나'는 무엇을 기다리는가? 이 시를 읽는 독자
는 전인식의 안내를 참조하여 스스로에게 같은 질문을 던지
고 나름의 대답을 구할 수 있는 기회를 얻게 된다.

'삶'이 '기다림'의 과정이라면 '기다림'의 끝에 도달하는 바는 분명할 테다. 시인은 평범한 일상의 공간에서 낯선 사유의 궤적을 펼친다. "버스를 기다리다 눈 마주친/ 수족관 속 물고기들"은 '나'의 스승이다. '광어'나 '도다리' 같은 물고기들에게는 '수족관'이라는 공간과 '하루' 또는 '한나절' 또는 '한두 시간'이라는 시간이 허락된다. '나'는 자신과 물고기를 겹쳐서 바라본다. 이제 '수족관'은 '집'이 되고, '하루'나 '한나절' 또는 '한두 시간'은 '일생'이 된다. 언젠가 수족관 위에서 '이름'을 부르고 '밧줄'을 내릴 것이다. '광어'나 '도다리'의 시간은 그렇게 마무리될 테고 '나'의 일생도 그러할 게다. '나'는 "사각형의 버스 한 대"를 기다리고 "지금 혹은 나중" 그것을 "타고 가야" 한다고 말한다. 시인은 '죽음'을 '사각형의 버스 한 대'로 구체화함으로써 죽음을 친근한 대상으로 수용한다. 그에 따르면 '광어'나 '도다리'가 주어진 시간을 망설이지 않고 마감하듯이 '전인식' 역시 주저하지 않고 일생을 마칠 수 있다. 삶은 기다림이고 그 끝에 마주하게 될 죽음은 자연스러운 현상임을 보여주는 시이다. 전인식은 예술가이자 철학가이다.

 다 때려치우기로 했어
 날 현혹시켰던 형이상학,
 구원과 해탈로 미끼를 던져대던 교리들
 끝까지 붙들고 늘어지던 모든 관념적인 것들

두 눈 똑똑히 확인할 수 없는 이 모든 것들에게

이제사 가슴 후련한 작별을 고한다

잘 가거라

내 청춘을 갉아먹은 버러지 같은 것들아


대신, 비누 한 장

내 사타구니의 때 벗겨주는, 기분 환하게 해주는 그를

평생 믿고 따르기로 다짐한다

집착과 갈등, 고뇌도 없이

쉽게 마주할 수 있는 그는

아주 쉽고 구체적으로 삶을 가르친다

살아갈수록 뒤따라오는 시커먼 오독들을

제 살 다 닳아 없어질 때까지 씻어 내주며

사람 많은 거리 속으로 당당하게 걸어 나가게 하고

또 편히 잠들게 해주는

비누 한 장


나는 아침저녁으로

세면대 위 앉아 있는 그에게 두 손 모아

향불 올리는 자세로 허리 굽히며 경배한다.

오 거룩한 비누, 비눗님

—「비누의 형이상학」 전문

시원시원한 시이다. 시인은 세 개의 연으로 구성된 이 작품을 두 개의 영역으로 분할한다. 첫 번째 영역은 1연으로서 시적 화자 '나'는 여기에서 '과거'와의 결연한 결별을 선언한다. '나'의 과거를 잠식했던 영역은 "구원과 해탈로 미끼를 던져대던 교리들" 또는 "끝까지 붙들고 늘어지던 모든 관념적인 것들"이다. '나'는 이제 "두 눈 똑똑히 확인할 수 없는", "형이상학"의 미혹迷惑을 끊을 것을 다짐한다. "내 청춘을 갉아먹은 버러지 같은 것들아"라는 진술에는 '교리들'이나 '관념적인 것들' 또는 '형이상학' 등을 향한 '나'의 감정이 고스란히 담겨 있다. '증오'나 '원망' 등으로 이해할 수 있는 부정적인 감정이 '나'에게 남아 있는 까닭은 무엇인가? 그것은 아마도 '나'가 "구원과 해탈"이라는 이름의 달콤한 유혹이 모두 거짓이었음을 깨달았기 때문일 테다. 두 눈으로 확인할 수 없고, 공상적이거나 추상적인 성격을 담은 것들에 담긴 '허위'를 파악했기 때문일 게다.

2연과 3연은 두 번째 영역을 형성한다. '나'가 '현재' 집중하는 영역은 '비누 한 장'이다. 비누는 "내 사타구니의 때 벗겨주는, 기분 환하게 해주는" 기능이 있다. 그것은 관념적이거나 형이상학적인 성격이 아닌 실제적이고 구체적인 성격을 갖는다. '나'는 과거에 "집착과 갈등, 고뇌"를 낳던 형이상학과의 결별을 선언한다. '나'는 이제 "아주 쉽고 구체적으로 삶을 가르"치는 비누 한 장을 "평생 믿고 따르기로 다짐한다" 비누는

"시커먼 오독들을", "씻어 내주"어, '나'의 원만한 대인 관계를 돕고 "편히 잠들게 해주"어 건강 유지에도 기여한다. 전인식은 이 시에서 '형이하학'의 가치를 적극적으로 환기한다. '나'가 비누를 의인화하여 "오 거룩한 비누, 비눗님"이라고 부르며 "두 손 모아/ 향불 올리는 자세로 허리 굽히며 경배"하는 이유가 여기에 있다. 시인은 형이하학에 해당하는 비누 한 장의 기능을 '비누의 형이상학'이라고 명명함으로써 비누의 돌올한 가치를 환기하고 독자의 상투적 인식을 뒤흔든다.

언제부터인가 절이
사람 많은 도시 한가운데로 내려왔다

늘 그렇듯 오늘도 법당에는
자리에 다 앉지 못할 만큼 사람들 가득하다
얻고자 하는 것은 누구나 다 원하는 것이기에
또 그만큼 어려운 일인지도 모른다

그 옛날 비로자나불이 있던 자리를 들어내고
대신 세워놓은 검은 전광판에 수시로 번쩍거리는
저것은 하늘에서 내려온 별빛들
이곳 사람들 하나씩 연등으로 매달아 두고
염불을 왼다

옴마니반메홈 옴마니반메홈……

oh money many, oh money many


각자 점지해 놓은 저 별빛들

다시 하늘 높이 솟구쳐 오르는 날

그토록 염원하던 것들 모두 얻을 수 있을까

근심과 걱정 한순간에 사라지고

꿈꾸던 새로운 세상 얻을 수 있을까

수시로 주문 외고 기도하는

오랜 신앙심으로 무장한 표정들

사뭇 진지하고 엄숙하다


눈에 보이지 않는 것들은 다 헛된 것

오로지 숫자로만 나타나는 것만이

유일한 것

간절한 마음으로 기다리고 기다리는

상종가

아득한 물질적 열반의 그 날!

　　─「물질적 열반 ─ 증권사 법당에서의 한나절」 전문


앞에서 살핀 「비누의 형이상학」은 대비되는 속성을 담은

두 개의 어휘 곧 '비누'와 '형이상학'을 연결하여 제목을 설정하였다. 전인식은 이번 시에서도 대비되는 두 개의 어휘를 연결한 제목을 구성하였다. '물질적 열반'의 '물질'과 '열반'은 상반되는 성격의 어휘이고 '증권사 법당'의 '증권사'와 '법당' 역시 대조적인 성격의 어휘이다. 시인은 대비되는 속성의 어휘들을 결속하여 작품의 제목을 설정함으로써 독자들에게 강렬한 인상을 남긴다.

"언제부터인가 절이/ 사람 많은 도시 한가운데로 내려왔다"라는 1연의 진술은 시대의 변화를 보여준다. '절'은 대개 산중山中에 위치하는 것으로 알려져 있어서 '사람 많은 도시 한가운데'의 '절'은 다소 어색한 표현이 될 수 있다. 그러나 언젠가부터 '도심 사찰'이라는 이름이 일반화되기 시작하였다. 서울의 조계사나 봉은사 등이 대표적인 도심 사찰에 해당할 테다. '사람'이 몰리는 '도시'의 중심은 '물질' 또는 '돈'을 지향하고, '절'은 '열반'을 추구하므로 '도심'과 '사찰'의 연결은 어줍을 수 있다.

전인식이 여기에서 '물질'과 '열반'이라는 어색하고 어줍은 조합을 강조하는 까닭은 무엇인가? 어쩌면 시인은 현대인의 본질적인 욕망을 파악하고 있는 게 아닐까? "누구나 다 원하는 것"이자 "그만큼 어려운 일"은 무엇인가? 시인에 따르면 현대인이 원하는 바는 "옴마니반메훔"과 "oh money many"를 동시에 성취하는 것이다. 이제 우리는 많은 돈과 함께 마음의

평안도 얻기를 바라는 이들이 도시에서 살아가는 현대인임을
인정해야겠다.


　　세상 저 멀리에 있을 파도가 언젠가부터

　　둘 사는 작은 방에 출렁출렁 거리기 시작했다

　　자고 나면 사라질 것 같던 파도는

　　잠잠했다가도 일터에서 돌아오는 밤마다

　　더 큰 물살로 출렁거렸다


　　발등을 적시고 하반신을 잠그며

　　급기야 목까지 차올랐을 때

　　반신반의했던 서로를 따져대기 시작했다

　　출렁대는 파도 때문에 몸이 출렁거리고

　　마음까지 출렁거려 되는 일이 하나도 없다며

　　파도를 데리고 들어온 건 바로 당신이야 당신이라고

　　서로 따져대며 싸울 때마다

　　부서진 리모컨은 금방 새것이 되기도 했다


　　철썩 찰싹 철썩 찰싹

　　서로서로 뺨을 때려가며

　　주기적으로 찾아오는 파도는

　　둘 사이를 출렁출렁 흔들어대며

싸우는 법과 용서하는 법을 동시에 가르치며
파도 속에서 살아가는 법을 가르쳤다

밀려왔다 밀려가는 그 길지 않는 며칠 사이가
잠시 행복할 수 있는 시간임을 알고부터는
은근히 우리들이 먼저 파도를 기다릴 때도 있다
―「방안의 파도」 전문

시의 본질을 담당하는 기법 중 하나가 '비유' 또는 '은유'이
다. 이 시는 '파도'라는 이름의 비유 또는 은유를 효과적으로
활용한다. 두 사람이 "사는 작은 방에", "언젠가부터", '파도'가
"출렁출렁거리기 시작했다"라는 1연의 진술은 부부 사이의 갈
등이 촉발되었음을 의미한다. '파도'라는 이름의 위기는 남편
이나 아내가 "일터에서 돌아오는 밤마다/ 더 큰 물살로 출렁
거렸다" 2연은 부부 사이의 갈등을 날것으로 보여준다. "마음
까지 출렁거려 되는 일이 하나도 없다", "파도를 데리고 들어
온 건 바로 당신이야 당신", "부서진 리모컨은 금방 새것이 되
기도 했다"라는 진술은 얼마나 생생한가?

전인식이 독자들에게 전달하려는 메시지는 3연과 4연에서
두드러진다. 남편과 아내는 이제 "주기적으로 찾아오는 파도"
앞에서 "싸우는 법과 용서하는 법을 동시에" 배우고 "파도 속
에서 살아가는 법"을 깨달았다. 부부는 '갈등' 또는 '위기' 앞에

서 '싸움'이 '용서'로 전환되는 마법 같은 현실을 비로소 알게 되었다. 그리고 갈등과 갈등 사이, 위기와 위기 사이의 짧은 시간에서 '행복'을 찾을 수 있는 경지에 도달하였다. 시인은 우리에게 '파도'가 와도 전혀 두렵지 않다는 사실을 알려준다. 남편과 아내는 이제 '파도'를 즐길 수 있는 단계에 이르렀다. 갈등과 위기라는 무겁고 우울한 상황을 가볍고 즐거운 무대로 전환한다는 점에서 이 시는 우리가 오래오래 기억할만한 수작秀作이다.

잠깐 졸았을 뿐인데 눈떠보니 사막 한가운데였다
어떻게 여기까지 왔는지
어디로 가야 하는 길인지 희미하다
분명한 것은 머리맡에 놓인 서너 개의 보따리들
머리에 이거나 등에 지고 모래언덕을 넘어가야 한다는 것

무거운 짐 싣고 갈 낙타는 꿈속에 보았던 동물
밤하늘 별빛 해독할 점성술을 익혔으면 좋았을 텐데
잠시 쉬었다 갈 오아시스가 어느 쪽에 있는지
기러기 날아가는 곳이 남쪽인지 북쪽인지 알 수가 없다
바람이 등 떠미는 쪽으로 가면 행운이라도 따를까

어디로 가야 할지 물어볼 사람도 없다

엄마와 아버지는 왜 갑자기 사라졌을까

왜 미리 사막 건너가는 법을 물어보지 않았는지

여태 정신 팔고 다녔던 일들은 무엇이었을까


호수 하나 만들고도 남았을

흘렸던 눈물들은 다 어디로 갔을까

간절하게 그리운 눈물방울 하나하나

몸 안에 숨길 수 있는 선인장을 닮아야 할까

꽃도 버리고 잎도 버리고

온몸 가득 가시를 달아야 하는

사막, 마흔 근처

— 「선인장, 마흔 근처」 전문


  좋은 시는 독자들에게 풍성한 꿈을 선사한다. 좋은 시는 한 겹의 읽기가 아닌 두 겹 이상의 읽기를 허락한다. 전인식의 이 시 역시 그러하다. 1연 1행의 "잠깐 졸았을 뿐인데 눈떠보니 사막 한가운데였다"라는 진술에서 눈을 뜬 주체는 '선인장'이자 시인일 수 있다. 이 시에 잠재된 시적 화자는 '서너 개의 보따리들'을 "머리에 이거나 등에 지고", '사막' 또는 '모래언덕'이라는 막막한 현실을 헤쳐 나가야 한다. '선인장', '사막', '모래언덕', '낙타', '점성술', '오아시스', '기러기' 등의 어휘는 '은유'와 '현실'을 동시에 가리킨다.

'마흔'이라는 고개 근처에서 시인은 스스로의 삶을 돌아본다. 그는 "어떻게 여기까지 왔는지/ 어디로 가야 하는 길인지" 알 수가 없다. 바른 방향을 "물어볼 사람도 없다"는 게 가장 난감한 상황일 테다. "엄마와 아버지는 왜 갑자기 사라졌을까"라는 아픈 물음 앞에서 공감하는 이들이 적지 않을 게다. 우리가 "여태 정신 팔고 다녔던 일들은 무엇이었을까", "왜 미리 사막 건너가는 법을 물어보지 않았는지"라는 뒤늦은 후회가 밀물처럼 밀려드는 시간이 '마흔 근처'이다. 아니, 마흔 근처는 방황의 시작일지도 모른다. 삶이 지속될수록 희미한 길에 대한, 막연한 길을 향한 안타까움이 커질 수 있기 때문이다. 시인은 이미 '마흔 근처'를 지난 이들도 앞으로 '마흔 근처'를 건널 이들도 이 시를 읽으며 힘을 얻을 수 있기를 바랄 테다.

   3.

   전인식은 "2016년 3월 14일/ 꿈에 찾아온 선생에게", "시 다시 써도 될까요?"(「목월 선생」)라고 질문한다. 오랜 시간 시를 잊고 살아왔던 그의 꿈에 목월 선생이 찾아왔다는 것, 한국시의 거목인 목월 선생에게 시를 향한 의지를 밝히고 있다는 것이 긴요하다. 그로부터 4년 이상의 시간이 흐른 지금 전인식은 진정한 시인으로서 거듭나고 있다. 이번 시집에 수록된 빛나는 시편을 읽어 본 이라면 어렵지 않게 이를 인정할 테다.

전인식의 시는 비교적 쉬운 어휘와 표현을 활용하면서도 독자들을 활발하게 꿈꾸게 한다는 점에서 탁월하다. 시인은 독자들이 작품에 적극적으로 참여하도록 돕는다. 그의 시를 읽는 이들은 자발적으로 작품에 몰입할 수 있다. 전인식은 '반복', '변주', '대비(대조)', '비유(은유)'의 기법 등을 활발하게 구사한다. 시인의 시에서 불필요한 어휘나 표현을 찾기란 쉽지 않다. 그는 쉬운 언어로 풍성한 의미를 제공한다. 좋은 시가 한 겹의 읽기가 아닌 두 겹 이상의 읽기를 허락한다고 할 때, 전인식의 시는 좋은 시에 속한다.

　전인식의 시는 주저하지 않고 단도직입으로 메시지를 전달한다. 망설이지 않는 시, 시원시원한 시는 매력적이다. 그는 시를 즐길 줄 안다. 시인은 스스로를 시라는 이름의 무대로 데려간다. 더 나아가서 그는 스스로를 시라는 이름의 무대와 동일시한다. 전인식의 시를 읽는 독자들 역시 시의 무대로 나아가고 마침내 시와 하나가 될 것을 믿는다. 시라는 이름의 무대에서 삶이라는 이름의 주인공이 움직일 시간이다.▨

| 전인식 |

경주 출생. 동국대학교 경영대학원(석사)을 졸업했다. 1997년 대구일보 신춘문예와 1998년 『불교문예』 신인상을 통해 시단에 나왔으며, 시집으로 『검은 해를 보았네』와 『고약한 추억의 빛』(전자시집)이 있다. 현재 농협중앙회 경주시지부장으로 근무하고 있으며, 지역 신문 등에 인문학 칼럼을 연재 중이다. 통일문학상, 선사문학상 등을 수상했다.

이메일 : jeon2829@hanmail.net

모란꽃 무늬 이불 속 ⓒ 전인식

초판 1쇄 발행 · 2020년 9월 25일
초판 2쇄 발행 · 2021년 4월 13일

지은이 · 전인식
펴낸이 · 이선희
펴낸곳 · 한국문연

서울 서대문구 증가로 31길 39, 202호
출판등록 1988년 3월 3일 제3-188호
대표전화 302-2717 | 팩스 · 6442-6053
디지털 현대시 www.koreapoem.co.kr
이메일 koreapoem@hanmail.net

ISBN 978-89-6104-269-7 03810

값 10,000원

* 잘못된 책은 바꾸어 드립니다.

이 도서의 국립중앙도서관 출판시도서목록(CIP)은 서지정보유통지원시스템 홈페이지(http://seoji.nl.go.kr)와 국가자료공동목록시스템(http://www.nl.go.kr/kolisnet)에서 이용하실 수 있습니다. (CIP제어번호: CIP2020040552)